DISNEY · PIXAR

靈魂奇遇記
SOUL

新雅文化事業有限公司
www.sunya.com.hk

一起來認識主要的角色！

祖・嘉拿

　　從小時候開始，祖・嘉拿便一直希望成為一位職業爵士樂手，就像他的爸爸一樣。為此他努力學習，用心聆聽傑出樂手的演奏，並不斷反覆練習直至演奏表現完美。阿祖很希望可以在著名的爵士樂俱樂部演奏，可惜一直苦無機會。長大後，阿祖成為了一位中學樂團導師。雖然阿祖並不討厭教學，但他深信自己是為了在舞台上表演而生，將來一定會有機會得到別人賞識的。

利芭・嘉拿

　　當一位音樂人絕不容易，祖・嘉拿的媽媽在很久以前已知道了。利芭看着自己的丈夫多年來在朝不保夕的生活中苦苦掙扎。她在自己的裁縫店勤奮工作，肩負全家的生活開支，確保兒子能接受教育。儘管利芭知道兒子是一位出色的爵士樂手，但她不願阿祖陷入跟他爸爸相同的命運。她寧願阿祖選擇一份全職工作，以擁有更安穩的未來。

歌妮

　　歌妮是祖・嘉拿最有潛質的學生，但她對自己的天分不太有自信。歌妮喜歡演奏長號。但是，有時候在她演奏時，她既要告訴自己不用在意其他學生的想法，又要專心找出正確的音符，這實在太艱難了。在那些瞬間裏，歌妮開始痛恨音樂，只想逃走。

杜拉仙·威廉絲

杜拉仙·威廉絲是一位傳奇的爵士樂手。杜拉仙極度自信,充滿音樂天分,她絕不會容忍欠缺真切熱情與無法全情投入的業餘樂手。她期望樂團的每位成員都是天才橫溢,並願意獻身音樂,所以不會隨便讓人加入樂團。

毛醫醫先生

毛醫醫先生是一隻註冊治療貓,曾接受訓練,負責安慰身處醫院病房中的病人,並長時間與他們作伴。毛醫醫先生友善、有耐性又溫柔,牠非常稱職。不過,祖·嘉拿卻和牠協助過的所有其他病人都完全不同。

攣毛

攣毛在中學時代最喜歡上祖·嘉拿的音樂課。事實上,那就是他成為爵士樂手的主要原因。如今他是杜拉仙·威廉絲四重奏樂團的新任鼓手,這是榮譽,也是責任。攣毛終於有機會報答曾經與他分享激情與熱忱的前中學樂團導師了。

靈魂世界的角色

新生靈魂

在前往地球展開新生命前，新生靈魂要獲得「地球通行證」，就必須發掘出自己獨特的個性——也就是「生命的火花」。在導師的協助下（那裏的導師都是來自各個時代的偉大靈魂）新生靈魂會參加「你想預備班」，以獲得啟發，了解他們可以變成怎樣的人，可以從事哪些職業。只有在發現「火花」後，新生靈魂才會被認可為準備好在地球開始他們的人生。

22

不是所有新生靈魂都能找到自己的「火花」。22 在「你想預備班」中所花費的時間比任何一個新生靈魂都要長。許多知名的靈魂導師，包括甘地、林肯，還有德蘭修女等，都曾在數百年裏嘗試啟發 22，但毫無成果。22 既愛挖苦人又情緒化，她深信地球上的生活很可怕，因此她一直不想前往地球。

泰利

要說到什麼會讓泰利難以忍受，那就是混亂與錯誤。作為「你想預備班」的會計師，泰利要確保進入「盡頭以後」的靈魂和離開「起點之前」的靈魂數量永遠準確無誤。泰利做事一絲不苟又有效率，從不會犯錯，也沒打算從今開始犯錯。

無國界修行者

月風星光舞王和他的靈魂旅伴的身體仍留在地球，他們忙於遊走在物質世界與靈魂世界之間的空間——被稱為「入神境界」。他們自稱為「無國界修行者」，致力於幫助因為壓力或執念而與生命割裂的迷失靈魂。

輔導員謝利

輔導員熱情洋溢、歡欣快樂，還擁有無窮的耐性，他們負責舉辦「你想預備班」，照顧新生靈魂，幫助新生靈魂了解「起點之前」如何運作，並將新生靈魂與靈魂導師配對。雖然輔導員全都叫「謝利」，但他們其實各有獨特個性，並有不同的工作方式。

「每一次我的夢想幾乎伸手可及之
際⋯⋯也總有些東西阻擋去路。」

——祖・嘉拿

10

13

15

一道隱形的屏障不斷阻礙阿祖前進……

蓮嗚嗚嗚

於是……

好了，各位導師。請在這裏找回自己的名牌，然後跟着我們進去。

謝利，我不太肯定自己是否應該待在這裏……

我明白的。開導新生靈魂的工作並非人人合適。歡迎你隨時退出。

老實説，我再仔細想想，開導新生靈魂似乎很有趣！

嗖嗖嗖

啊！

你好 我的名字是 波金遜博士

16

在生死紀錄檔案室裏，會計師泰利正嘗試找出為什麼靈魂的數量出了錯……

與此同時，在導師培訓大樓裏……

各位，你們好！歡迎你們成為「你想預備班」的導師！

你會發現，這些靈魂的個性還未完整，需要找到他們「生命的火花」。這就需要你們的協助了。

在「你想預備班」中，所有新生靈魂都會獲得獨一無二的專屬個性。

我擁有求真精神，性格既小心翼翼又愛炫耀。

也許你會在萬物博覽館中找到他們的「火花」，那裏名副其實，有着地球的一切事物，為新生靈魂帶來啟發！

又或者你可以選擇在「你的殿堂」，運用你深具啟發性的人生，引導新生靈魂發掘出自己的個性！

那到底這些「火花」是什麼？嗯，作為靈魂導師，你們之前已經學習過了……

17

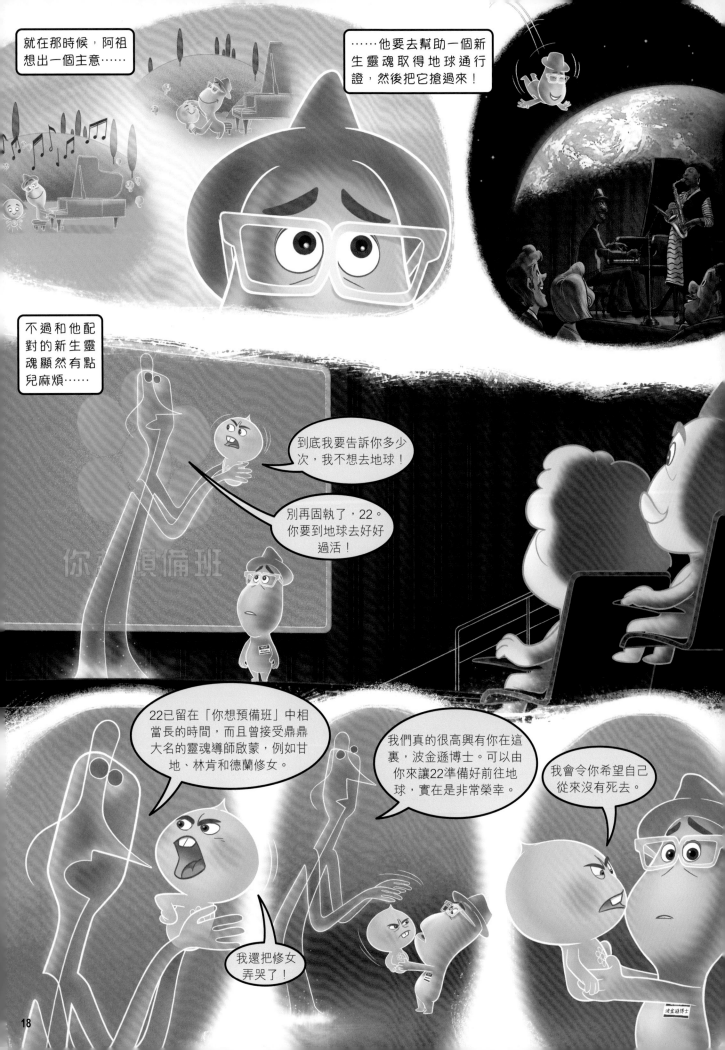

就在那時候，阿祖想出一個主意……

……他要去幫助一個新生靈魂取得地球通行證，然後把它搶過來！

不過和他配對的新生靈魂顯然有點兒麻煩……

到底我要告訴你多少次，我不想去地球！

別再固執了，22。你要到地球去好好過活！

22已留在「你想預備班」中相當長的時間，而且曾接受鼎鼎大名的靈魂導師啟蒙，例如甘地、林肯和德蘭修女。

我們真的很高興有你在這裏，波金遜博士。可以由你來讓22準備好前往地球，實在是非常榮幸。

我會令你希望自己從來沒有死去。

我還把修女弄哭了！

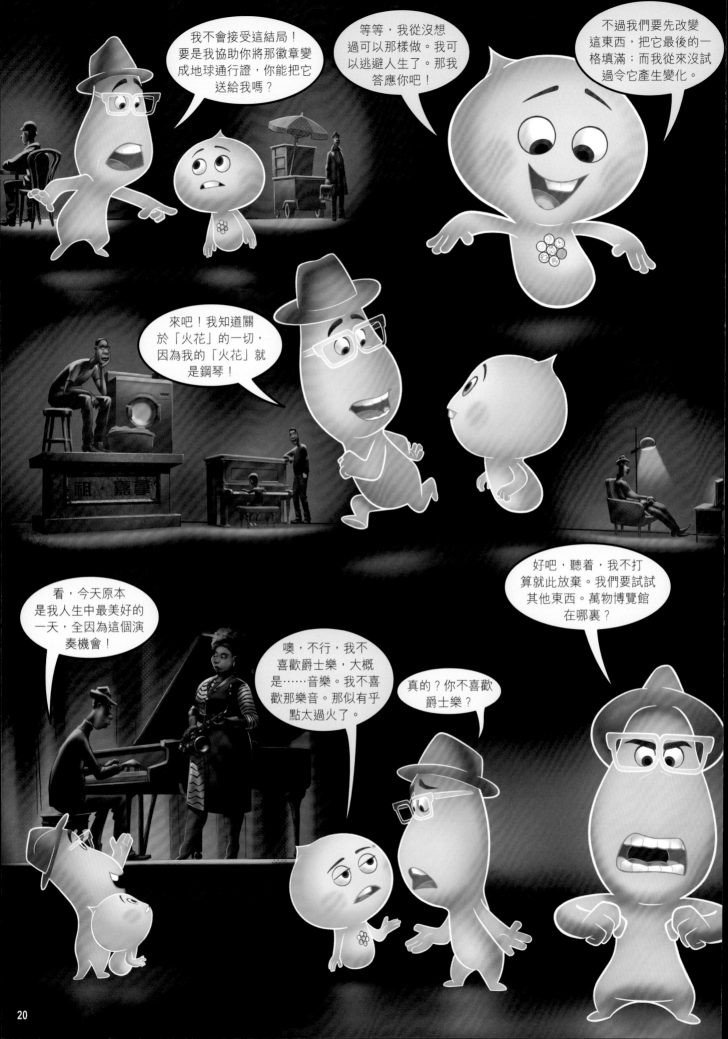

20

22

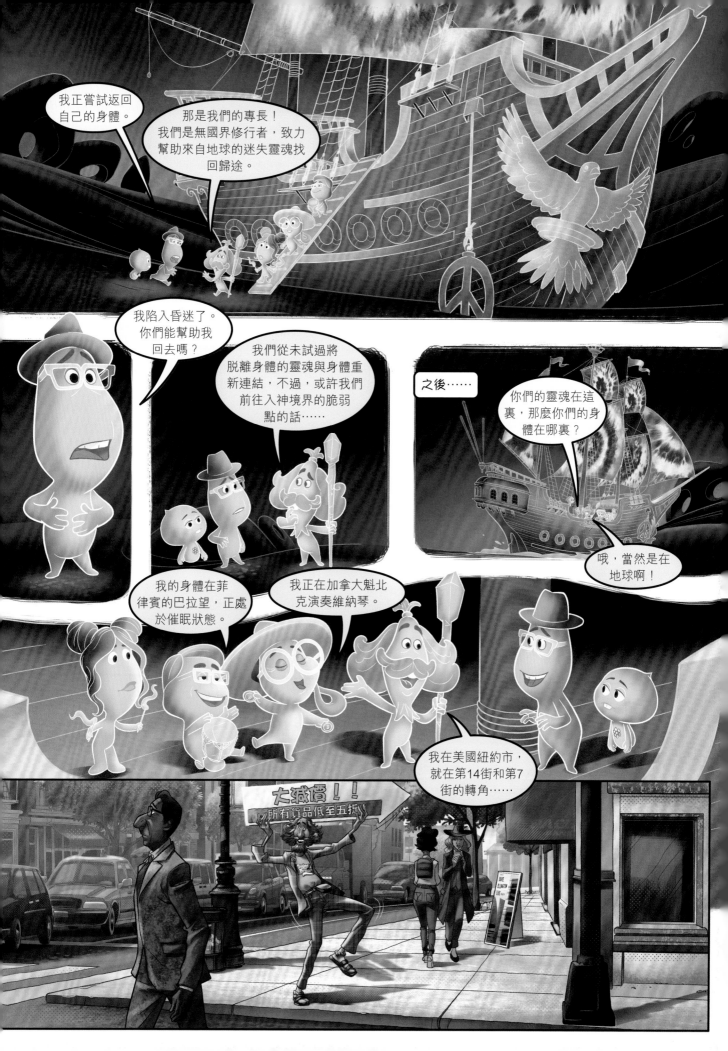

沒多久，入神境界的脆弱點進入大伙兒的視線……

現在專心感受你身體的位置，探索一下四周的環境。

就在那裏！我們馬上就能讓你重回身體裏！

我能嗅到……消毒搓手液的氣味……我能摸到……毛皮……？

我能摸到……毛皮……

這隻治療貓見效了！

他的心跳率正在提升。我去找醫生來。

我們還在等什麼？

別急！現在不是適合的時機！

不！這是我的好機會！

等等！我不要去！

不過他們一離開醫院……

嘩嘩嘩！

抓！

不行，不行，你要向前走，不要停下來！你在做什麼？

嘩呀呀呀！

噢，糟了。22！

22！我忘記了自己有爪子呀。你還好嗎？對不起，來吧，我們走吧。

不行。我要留在這裏，直到你這個愚蠢的身體死去！那會在未來幾分鐘裏發生，因為你的胃正在翻江倒海！

這讓阿祖想出一個主意……

在我鼻子裏的是什麼？

那是氣味。如果你認為感覺不錯，來想像一下它的味道會如何吧。

真是好好好好吃！！！

奇怪了……我不再覺得那麼生氣了。

太好了。準備好去找月風了嗎？

稍後，在第14街與第7街的轉角……

月風！你一定要幫幫我！

嘩呀呀呀！

阿祖！你回到你的身體裏了嗎？

不，他沒有！

那才是我的身體！

聽着，我一定要離開這隻貓，回到我的身體裏。

我們需要進行一場古老的靈魂轉移！

我需要在今晚7時到達二分音符吧，所以必須馬上行動。

你們一定要等另一個入神境界弱點打開才行…6點半會到二分音和你們碰面。一在我身上吧

29

你一定是從某個地方跑出來的，小靈魂。我會找到你的。

在阿祖的公寓裏，阿祖和22正在收聽語音信息……

祖Sir，我是攣毛。杜拉仙看見你穿着病人服時氣瘋了。她打了電話給一個叫羅伯特的人，如今他會負責演出了。對不起。

不！不！不！

聽着。老實説，你教的課堂就是我會去上學的唯一理由。

所以……我有一個計劃。你要整理一下自己，穿上最帥氣的西裝，早點抵達酒吧。我會嘗試和她談一談的。

我可以重新獲得演出的機會！22！我需要你幫忙！

不不不。絕對不行。

咯咯

祖Sir？

歌妮是來這裏要求退出樂團的，但之後她又沒有退出。為什麼？

因為她愛演奏。她也許會說自己痛恨一切，但是她熱愛長號。也許長號是她的「火花」。我也不知道。

拜託，如果我要奪回演出機會，便需要你幫忙。

我會幫助你的。不過……我想試試一些東西。如果歌妮能夠在這裏找到她喜愛的東西，也許我也做得到。

在「你想預備班」……

我找到他了！是祖·嘉拿！看來他已重返地球了！

那可不妙！

他是我們給22安排的導師！

好啦，放心。別那麼歇斯底里。泰利已掌握全局。我要去地球抓住他。

人們都説你天生就要做某些事情，但你要如何找出那是什麼事情呢？如果你選錯了的話會怎樣？到時你便會被困住！

我不會説自己被困住，不過我從沒打算靠剪髮為生。我原本想當一名獸醫的。

咦？

哦？

那時候我的女兒生病了，然後……理髮學校的學費要比獸醫學校的便宜多了。

你被迫成為理髮師，那真是太糟糕了。你現在一定很不快樂。

CUDDY'S BARBERSHOP
PRICE LIST
Regular Haircut.....$20.00
Haircut + Beard.....$25.00
Fades.....$20.00
Blow-Out.....$20.00
Senior.....$16.00
Eyebrows.....$16.00
Shape Up.....$10.00
Beard Trim.....$10.00
Kids Cut.....$20.00
Shampoo.....$15.00
Hot Shave.....$20.00
Walk-Ins Welcome

噢，冷靜一下，阿祖！我快樂得不得了呀。我熱愛這份工作。我可以遇見許多像你一樣有趣的人，令他們感到快樂……

……還能令他們變得英俊瀟灑！

嘩！我是不是瘋了，還是我看來真的年輕了許多？

37

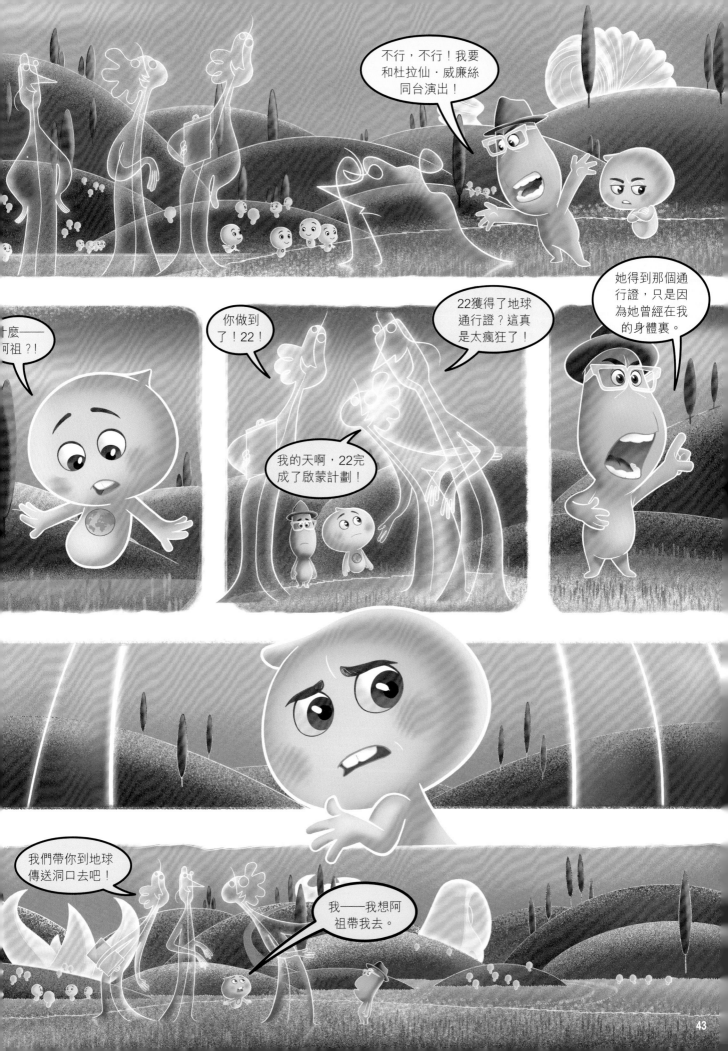

43

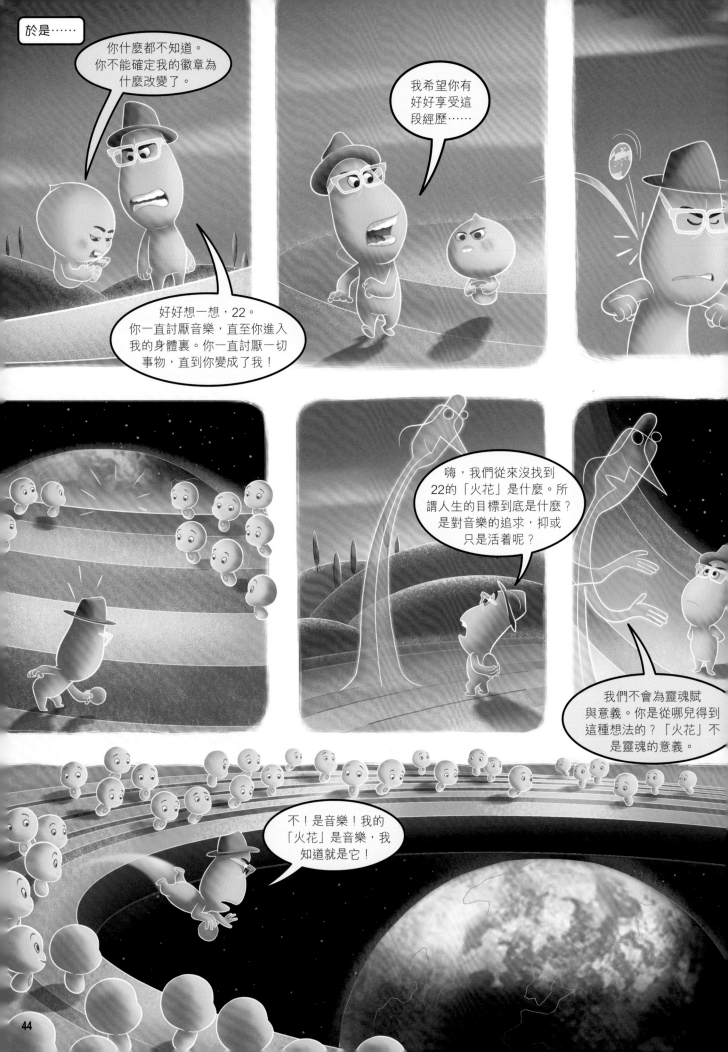

回到寓所後，阿祖在口袋裏找到22在地球蒐集到的東西⋯⋯

他將那些東西放在鋼琴上，然後開始演奏，並回想起自己人生中的片段。在他投入地演奏時，他⋯⋯

⋯⋯回到了入神境界！

月風！我需要你幫忙。我完全把事情弄糟了。你能帶我到22那裏嗎？

恐怕她已經變成迷失的靈魂了。

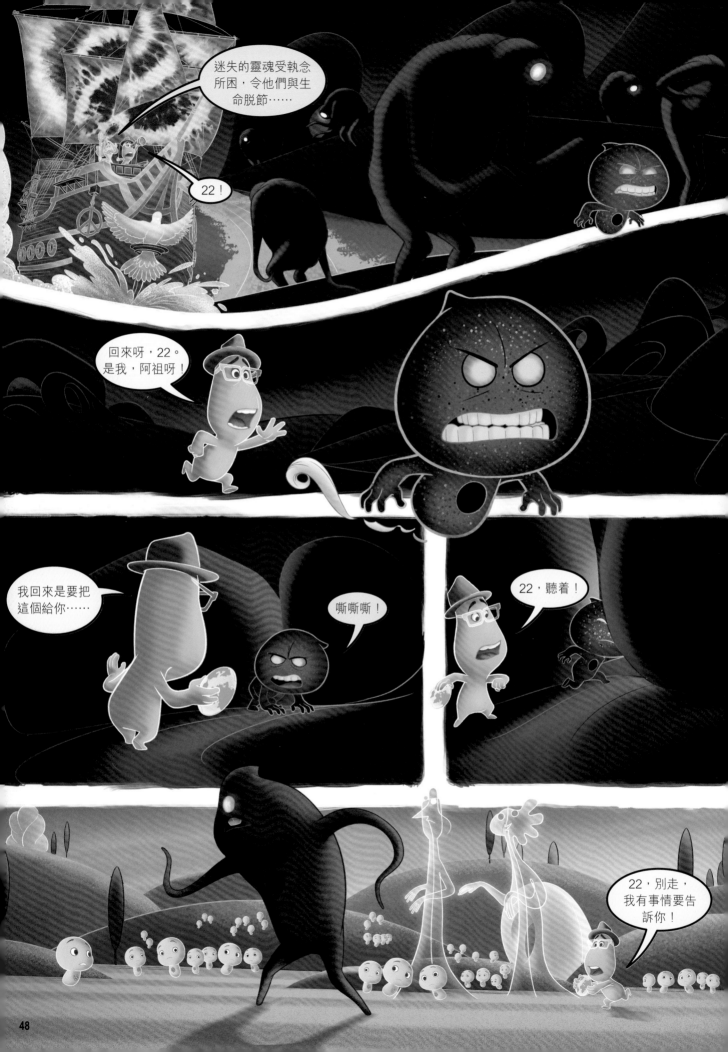

48

49

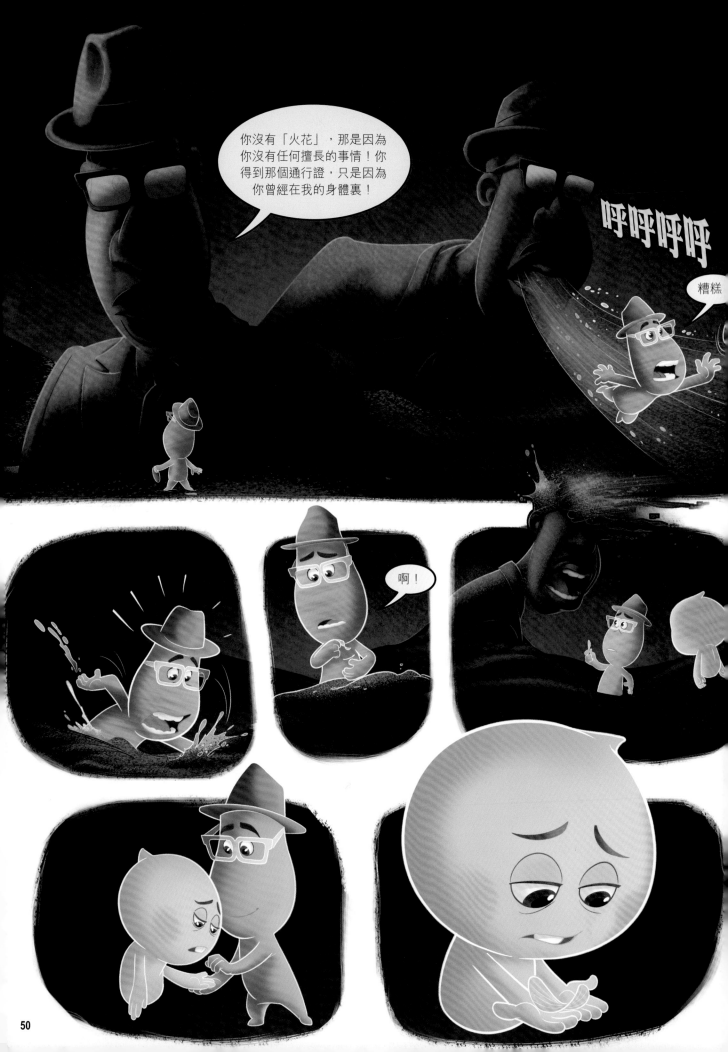

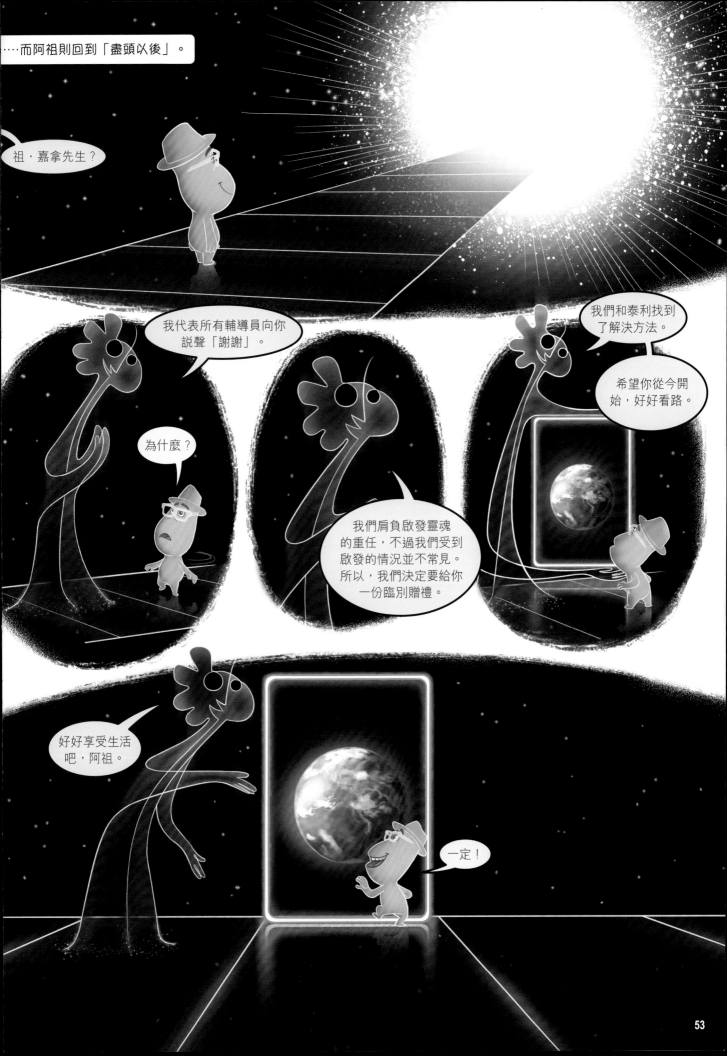

回到地球⋯⋯

⋯⋯祖・嘉拿已準備好好體會生命中大大小小的片刻⋯⋯

⋯⋯並欣賞人生中的每分每秒。

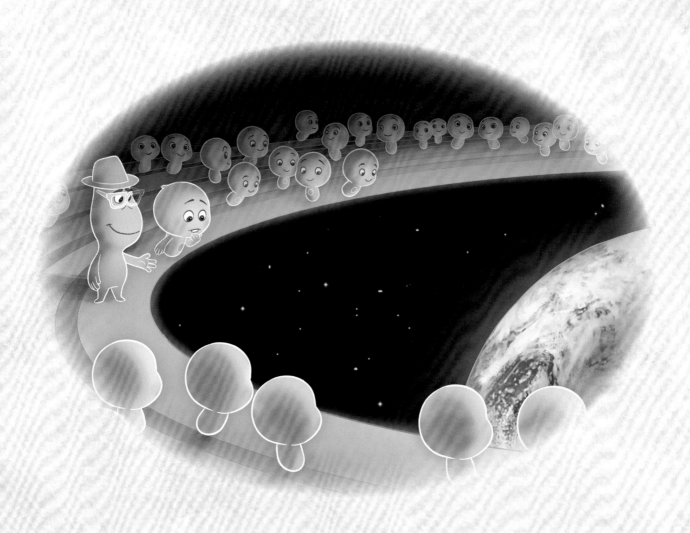

「人們都說人天生就要做某些事情，
但你要如何找出那是什麼事情呢？」

—— 22

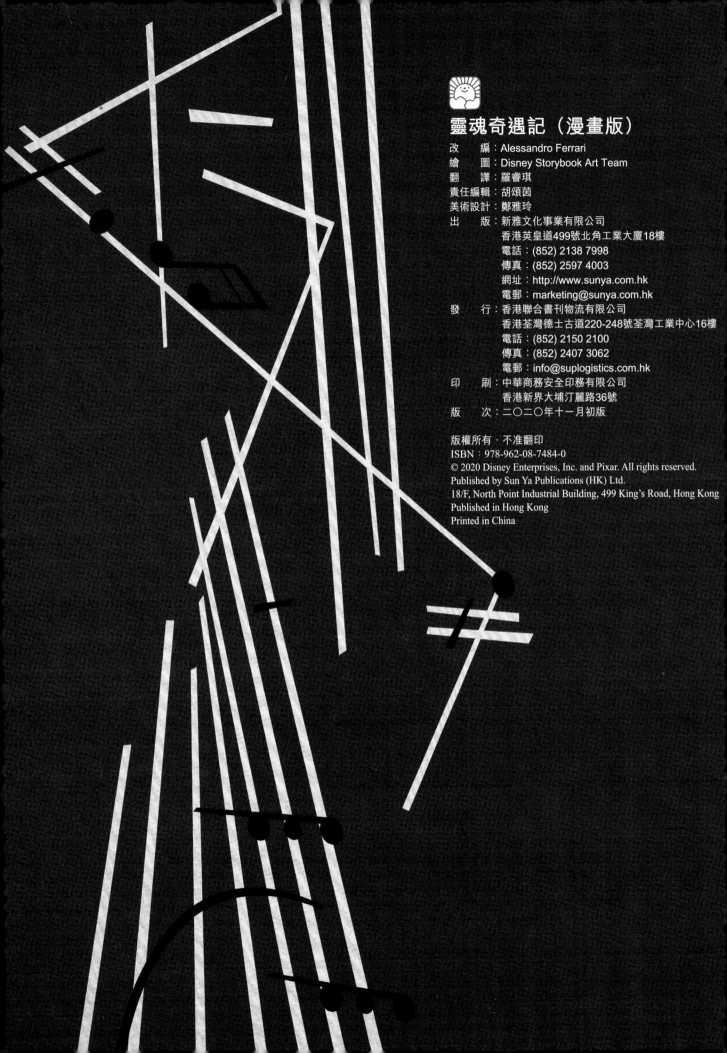

靈魂奇遇記（漫畫版）

改　　編：Alessandro Ferrari
繪　　圖：Disney Storybook Art Team
翻　　譯：羅睿琪
責任編輯：胡頌茵
美術設計：鄭雅玲
出　　版：新雅文化事業有限公司
　　　　　香港英皇道499號北角工業大廈18樓
　　　　　電話：(852) 2138 7998
　　　　　傳真：(852) 2597 4003
　　　　　網址：http://www.sunya.com.hk
　　　　　電郵：marketing@sunya.com.hk
發　　行：香港聯合書刊物流有限公司
　　　　　香港荃灣德士古道220-248號荃灣工業中心16樓
　　　　　電話：(852) 2150 2100
　　　　　傳真：(852) 2407 3062
　　　　　電郵：info@suplogistics.com.hk
印　　刷：中華商務安全印務有限公司
　　　　　香港新界大埔汀麗路36號
版　　次：二○二○年十一月初版